Hans im Stück
Ein Märchen

FSC
www.fsc.org
MIX
Papier aus verantwortungsvollen Quellen
Paper from responsible sources
FSC® C105338

Paul Julius Elitoreck

Hans im Stück

Ein Märchen

Bibliografische Information der Deutschen Nationalbibliothek
Die Deutsche Nationalbibliothek verzeichnet diese Publikation in der Deutschen Nationalbibliografie; detaillierte bibliografische Daten sind im Internet über http://dnb.d-nb.de abrufbar.

ISBN: 978-3-8192-9715-1

Verlag: BoD · Books on Demand GmbH, Überseering 33, 22297 Hamburg, bod@bod.de
Druck: Libri Plureos GmbH, Friedensallee 273, 22763 Hamburg

9,99 Euro

Einleitung

Es gibt Geschichten, die sind laut und voll von Abenteuern.
Und es gibt Geschichten, die sind leise.
Diese hier ist eine leise.
Sie erzählt von einem Jungen, der anders war als andere. Nicht, weil er zaubern konnte oder auf einem Drachen ritt. Sondern weil er einfach… blieb.
Er fiel nicht. Er verlor nichts. Er veränderte sich kaum – oder doch nur ganz langsam, wie Moos auf einem Stein, wie der Schatten eines Vogels am Morgen.
Was das bedeutet?
Das wirst du bald selbst sehen.
Vielleicht ist diese Geschichte anders, als du denkst. Vielleicht wirst du sie lesen – und dann ganz still sein.
Und vielleicht, wenn du möchtest, nimmst du ein kleines Stück davon mit.

1. Kapitel – Der Junge, der nie etwas verlor

Es war einmal ein kleiner Ort, eingekuschelt zwischen Feldern, Wäldern und einem gläsernen Fluss, der sich schlängelte wie ein träumender Aal. In diesem Ort geschah nicht viel, aber wenn etwas geschah, so wusste es am nächsten Tag jeder. Die Leute waren keine schlechten Leute, sie grüßten sich freundlich, ließen ihre Türen offen und den Apfelmus abkühlen auf den Fensterbänken. Und eines Abends, in der Mitte eines milden Herbstes, wurde in diesem Ort ein Kind geboren – ein ganz und gar stilles Kind.
Die Mutter lag auf dem hölzernen Bett, das bei jedem Atemzug ächzte, und hielt das Kind an ihrer Brust. Es war ein Junge. Kein besonders großer, kein besonders kleiner, aber ein fester, warmer, schöner Junge. Die Hebamme, eine Frau mit runzligem Gesicht und einer Stimme wie warmes Wasser, wog den Kleinen in ihren Händen, blinzelte ins Kerzenlicht und sagte:
„So einen hab ich noch nie gehabt. Er ist ganz geblieben. Kein Blut, kein Schleim, kein Gekröse. Einfach da, als wär er fertig gegossen worden – Hans im Stück."
„Hans", flüsterte die Mutter und lächelte müde.
„Ein guter Name."
Der Vater, ein schweigsamer Mann mit einem Bart wie Birkenrinde, stand am Fenster, nickte und sagte: „Dann bleibt's dabei."
So bekam der Junge seinen Namen: Hans. Und wie der Regen draußen in leisen Tropfen fiel und die Nacht unter dem Dach atmete, da ahnte niemand, wie besonders dieser Hans war.

Schon nach wenigen Tagen merkten die Eltern, dass etwas anders war. Die Mutter, die früher schon drei Kinder geboren hatte, war vertraut mit Windeln, mit Milchschorf, mit den kleinen Krusten am Bauchnabel. Aber Hans war sauber. Nicht, weil sie ihn dauernd wusch – sondern weil sich nichts löste. Kein Haar blieb auf dem Kopfkissen zurück, kein Tropfen Milch verirrte sich an seinem Kinn, kein Schnupfen schien sich ihm in die Nase zu trauen.
Einmal, in der dritten Woche, hielt die Mutter ein winziges Papiertuch unter sein Näschen – einfach so, aus Gewohnheit. Doch da war nichts. Keine Nieserei, kein Tröpfchen, nicht einmal ein Flimmern.
„Er ist wohl ein ordentliches Kind", sagte der Vater.
„Oder ein sonderbares", entgegnete die Großmutter, die mit ihren müden Augen den kleinen Hans betrachtete wie ein altes Buch ohne Knick.

Als Hans zu krabbeln begann, kratzte er sich nicht. Die Mücken stachen ihn, wie sie alle stachen – aber die kleinen roten Punkte verschwanden nie. Sie wurden hart, wurden glatt, wurden Schicht auf Schicht. Auch wenn der Wind über den Garten wehte und die Blätter der Kastanie vom Baum löste, wehte es keinen Staub von Hans' Schultern.
Im zweiten Jahr fiel ihm beim Spielen ein Holzklötzchen auf den Zeh. Er schrie nicht. Er sah nur auf seine Haut, die sich dort leicht wölbte,

nicht rot, nicht blau – sondern ein bisschen dicker. Als wollte sie bleiben.
Die Mutter versuchte manchmal, seine Haare zu kämmen. Sie wuchsen langsam, aber sie fielen nicht. Kein einziges Härchen fand sich je auf dem Kamm. Und als sie zum ersten Mal zur Schere griff, weil der Pony ihm die Stirn beschattete, schnitt sie – doch das Haar gab nicht nach. Es war weich, aber zäh. Wie Seide auf Stein. Der Schnitt blieb stehen, doch das Haar blieb dran.
„Vielleicht wächst er da noch rein", murmelte sie. Aber es klang nicht überzeugt.

Mit drei Jahren sagte Hans seine ersten Worte: „Nicht weg."
Die Eltern lachten. Doch sie wussten nicht, was er meinte. Vielleicht meinte er das Spielzeug, das die Schwester gerade aufräumte. Vielleicht das Brot, das vom Teller gerutscht war. Oder vielleicht etwas Tieferes. Denn Hans sah die Welt an, wie ein alter Mensch sie anschaut: mit einem Blick, als wüsste er schon alles – und könnte es doch nicht erklären.
In der Stadt wurde er bekannt. Die Leute sagten:
„Da kommt er, der Hans, der bleibt."
„Der Hans, der nichts verliert."
„Hans im Stück."
Ein Schuster behauptete, dass Hans' Fußabdrücke auf seinem Boden blieben, als wären sie mit Wachs gezogen. Eine alte Bäuerin sagte, sie hätte gesehen, wie eine Biene sich auf Hans' Finger setzte – und dort blieb, stundenlang, reglos, zufrieden, bis die Sonne unterging.

In der Schule wurde es schwieriger. Die Kinder mochten ihn nicht recht. Sie sagten, er rieche nicht wie sie. Sie stießen ihn, aber er fiel nicht richtig. Sie zogen an seinen Haaren, aber sie lösten sich nicht. Sie nannten ihn „Stück-Hans" und warfen Kastanien nach ihm – doch auch diese blieben manchmal an seinem Rücken haften wie an einer Rinde.
Ein Lehrer, ein freundlicher Mann mit Brille und Zitronenzunge, sprach mit den Eltern.
„Er lernt gut", sagte er. „Er merkt sich alles. Aber er… entlässt nichts. Kein Wort, das ich sage, verlässt ihn wieder. Ich sehe es in seinen Augen: alles bleibt."
Die Mutter nickte. Und da wurde ihr das Herz schwer. Denn was ist ein Kind, das nichts verliert? Kein Zähnchen, das ausfällt. Kein Spielzeug, das vergessen wird. Kein Wutanfall, der verraucht. Es war, als würde das Leben an ihm haften bleiben wie Kletten an Wolle.

Mit fünf Jahren war Hans schwerer geworden, obwohl er nicht viel aß. Seine Haut war dunkler, dichter, als würde sie etwas darunter bewahren. Die Nägel hatten mehrere Schichten. Die Haare lagen in Schlaufen über den Schultern, schwer wie Wasserpflanzen. Wenn man ihn berührte, spürte man Wärme – aber auch eine Härte darunter, wie eine Erinnerung, die sich nicht wegdenken lässt.
Einmal kam ein kleiner Vogel – ein Spatz mit einem weißen Fleck auf dem Kopf – und setzte sich in Hans' Haar. Er blieb. Er nistete. Drei Tage lang sang er dort leise Lieder, pickte an nichts,

flog nicht fort. Die Leute standen um Hans herum. Manche beteten. Andere liefen fort.
Hans selbst saß da, ganz ruhig, und blickte auf seine Hände. Sie waren dick geworden, schwer, fast wie aus Holz. Er drehte sie langsam, betrachtete die Fingernägel, die ineinander wuchsen wie die Schuppen einer Tanne. Er sagte nichts.
Aber eines Abends, als seine Schwester ihm zum Einschlafen ein Lied vorsang, flüsterte er:
„Bleibt das Lied?"
„Was meinst du?" fragte sie.
Hans zeigte auf seine Brust. „Ich fühl es."

Im Ort wurde er älter, stiller. Die Menschen gingen ihm aus dem Weg, aber mit einem Lächeln. Niemand wollte ihm Böses. Sie fürchteten ihn nicht wie ein Gespenst, sondern wie eine Wahrheit, die man besser nicht ganz versteht. Er war ein Spiegel, der nicht verstaubte. Ein Stein, der in der Erde wuchs.
Und wenn man ihn fragte:
„Hans, was willst du werden?"
Dann antwortete er nie. Er hob nur seine schwere Hand, legte sie auf den Bauch – und schwieg.

2. Kapitel – Die Jahre vergehen

Hans wurde älter, aber niemand konnte sagen, wie alt er wirkte. Seine Mutter führte einen Strichkalender an der Küchenseite, und jeden Frühling machte sie ein neues Zeichen: wieder ein Jahr, wieder ein Sohn. Doch wenn sie abends in der Stube saß und ihm beim Blättern in seinen Büchern zusah, da kam es ihr vor, als sei Hans aus der Zeit gefallen.
Er wuchs, aber anders. Nicht wie andere Kinder, die erst in die Höhe schießen und dann in die Breite. Hans wuchs wie ein Felsen, langsam, nach innen und außen zugleich. Seine Haut wurde fester, dunkler, fast durchscheinend an manchen Stellen, wie Horn oder Glas, das Licht sammelt, aber nichts mehr durchlässt.
Die Mutter versuchte, mit ihm zu reden. Sie wollte ihm Geschichten erzählen, wie sie es früher getan hatte. Von den drei Spatzen, von der Eule im Glockenturm, vom wandernden Müller. Doch Hans schüttelte immer öfter den Kopf.
„Ich hab sie noch", sagte er leise.
„Was meinst du?"
„Die Geschichten. Sie sind hier drin."
Und dann klopfte er gegen seine Stirn – nicht laut, aber dumpf, als klänge da ein Hohlraum aus gepresster Zeit.

Seine Geschwister hatten ihn längst hinter sich gelassen. Die Schwester war ins Nachbardorf gezogen, hatte einen Bäcker geheiratet, der nach Kümmel roch und nie ohne Lächeln sprach. Der ältere Bruder fuhr Lastkarren durch den Wald,

sammelte Pilze und wusste die Namen von allen Bäumen. Nur Hans blieb. Er ging nicht fort – nicht aus der Stadt, nicht aus dem Haus, nicht aus sich. Die Mutter holte im Frühjahr einen Wandspiegel vom Markt, einen großen, silbergerahmten, der das Licht einfing wie eine Schale aus Schnee. Sie stellte ihn an die Wand, gegenüber vom Esstisch. „Damit du dich siehst, mein Junge", sagte sie. Hans sah hinein. Lange. Dann wandte er sich ab. „Ich hab mich doch schon."
Von da an stand der Spiegel immer leicht zur Seite geneigt. Wenn Gäste kamen, fiel es ihnen auf, aber niemand sagte etwas.

Manchmal kamen Kinder aus dem Dorf vorbei. Sie klopften an die Fensterläden, kicherten, warfen kleine Steine auf das Dach und riefen: „Hans im Stück! Hans im Stück! Gib uns was ab, du hast genug!"
Doch Hans öffnete nie. Er saß still auf seinem Schemel, der längst Spuren seines Körpers angenommen hatte, als wäre er Teil von ihm. Nur einmal – und das erzählten sich die Kinder viele Jahre später noch – öffnete sich das Fenster ganz leise, und Hans streckte seine Hand heraus. Sie war groß, schwer, glanzlos. In ihr lag ein halber Apfel, sauber geteilt, ungeschält, mit einem dunklen Kern.
Keiner wagte, ihn zu nehmen. Und als der Wind kam, rollte der Apfel langsam vom Fensterbrett – und blieb mitten auf dem Weg liegen. Kein Vogel fraß ihn. Kein Wurm kroch hinein.

Es war in jenem Jahr, in dem die Schneeglöckchen schon im Februar blühten, dass Hans kaum noch sprach. Er antwortete mit Blicken, mit Neigen des Kopfes, mit einem Geräusch wie dem Aneinanderschaben von trockenem Holz. Die Mutter hatte sich daran gewöhnt. Sie kochte sein Essen, stellte es auf den Tisch, wartete, bis er aß – und sagte dann:
„Du isst langsamer. Ich glaube, du brauchst nicht mehr viel."
Hans nickte.
„Ich speichere", sagte er einmal. Mehr nicht.

Der Panzer – so nannte die Mutter es irgendwann, leise, nur für sich – war zu dieser Zeit schon deutlich sichtbar. An Rücken, Schultern, Brust und Beinen hatten sich Schichten gebildet. Nicht scharf, nicht hässlich – aber fest. Wie aus etwas, das einst Haut war und sich nun an die Oberfläche schob, nicht um zu gehen, sondern um zu bleiben.
Es war nicht krankhaft. Keine Rötung, kein Schmerz, kein Geruch. Nur das: eine Sammlung von allem, was bei anderen fiel. Haare, Haut, Nägel, sogar Tränen. Denn auch die – so glaubte die Mutter – versickerten bei Hans nicht. Wenn er weinte, und das kam selten vor, dann glitten die Tränen über sein Gesicht, suchten einen Weg – und blieben, als kleine salzige Perlen, wie eingefroren auf seiner Wange.
Einmal versuchte sie, ihm mit einem feuchten Tuch das Gesicht zu wischen. Das Tuch blieb haften. Und als sie es löste, war es steif geworden, hart wie getrocknete Blätter im Herbst.

Die Tiere mochten ihn. Besonders die langsamen. Kröten, Schnecken, Eidechsen, Blindschleichen. Sie krochen zu ihm, legten sich in die Mulden seines Körpers, ruhten in den Vertiefungen seiner Schultern, seiner Kniekehlen, seiner flachen Brust. Einmal kam ein Igel und schlief zwei Nächte lang auf seinem Bauch. Hans bewegte sich kaum.
Die Mutter beobachtete es vom Fenster aus.
„Er wird ein Teil von etwas", flüsterte sie. „Aber ich weiß nicht, wovon."
Und als sie eines Nachts aus ihrem Traum erwachte – ein Traum von Wasser, das sich nicht bewegen ließ – trat sie leise in Hans' Zimmer. Er schlief. Ein Licht schien von irgendwoher, vielleicht vom Mond, vielleicht von ihm selbst. Auf seinem Rücken: ein Farn, der gewachsen war, zwischen zwei Platten aus Haut, moosgrün, zart und still.

Im Dorf sprach man nicht mehr viel über ihn. Die Leute hatten gelernt, ihn zu lassen. Ein alter Mann, der früher Zimmermann war, sagte: „Manche Menschen werden Häuser. Hans ist vielleicht schon eins."
Und ein Kind, das am Gartenzaun stand, fragte: „Könnte ich mal reingehen?"
Die Mutter lachte. Aber es war ein müdes Lachen. Sie wusste: Hans war nicht mehr offen. Nicht für Geschichten, nicht für Umarmungen, nicht für Zukunft. Alles blieb bei ihm – und so wurde er schwerer als die Welt.
Doch manchmal – ganz selten – trat er noch hinaus in den Hof. Dann setzte er sich auf die alte

Steinbank unter dem Apfelbaum, der kaum noch Früchte trug, aber jedes Jahr doch ein Blatt mehr verlor. Und dort blieb er sitzen. Vögel kamen, setzten sich auf ihn. Einmal flog ein Käuzchen auf seine Schulter und ließ eine Feder fallen. Die Feder blieb, zitterte nicht, flog nicht fort.
Und wenn der Wind kam, der alles mitnahm – Papier, Kappen, Stimmen, Laub –, dann bog er sich um Hans herum wie ein Bach um einen Stein.

3. Kapitel – Der Junge wird schwer

Im siebten Jahr begann Hans zu ruhen.
Nicht weil er müde war – Müdigkeit war etwas für jene, die sich bewegten, die rannten, fielen, aufstanden, verloren, suchten. Hans ruhte, weil das Leben sich in ihm sammelte. Weil jedes Haar, jede Zelle, jeder Blick, den man ihm je zugeworfen hatte, irgendwo an ihm hängen geblieben war, wie Tropfen auf einem Ast nach Regen. Und irgendwann war der Ast zu schwer zum Schwingen.
Er saß viel. Mal auf der Bank unter dem Baum, mal auf dem Schemel in der Küche, manchmal auch einfach auf dem Boden, wo die Sonne fiel.
Wenn man ihn fragte:
„Was machst du?"
antwortete er:
„Ich bleibe."
Er meinte das nicht trotzig. Es war kein Widerstand. Es war eine Tatsache.
Die Mutter beobachtete, wie seine Bewegungen seltener wurden. Das Aufstehen war mühsam, das Gehen langsam, die Worte seltener. Wenn er redete, klangen seine Sätze, als kämen sie aus einer Höhle – nicht dumpf, aber tief, aus einem Ort, der zu groß war für gewöhnliche Stimmen.

Der Panzer – sie nannte ihn nun so, auch in Gedanken – hatte sich geschlossen wie ein Buch. Rücken, Schultern, Arme, Beine – alles war von Schichten bedeckt, nicht gleichmäßig, nicht wie Rüstung, eher wie gelebte Zeit, die sich übereinandergelegt hatte. Die Haut war dick und glatt, schimmerte in manchen Winkeln wie Perlmutt. Stellen, die einmal weich gewesen waren, waren nun wie Stein, der noch atmete. Tiere mieden ihn nicht, doch Menschen schon. Die Bäckerin, die früher gern ein Stück Hefezopf vorbeibrachte, ließ ihn jetzt am Gartenzaun liegen. Kinder gingen im Bogen um ihn herum. Nur die Mutter blieb. Sie strich ihm noch über das Haar, obwohl ihre Hand kaum mehr durchkam. Sie wusch ihm das Gesicht, auch wenn das Wasser nicht mehr einsickern wollte.

Eines Tages, als der Frühling in seinem warmsten Blau war, trat ein Fremder ins Dorf. Er war ein Wanderer, trug eine Geige auf dem Rücken und hatte ein Gesicht wie ein offenes Fenster – wach, freundlich, voll Fragen. Als er von Hans hörte, wollte er ihn sehen. Er klopfte an das Gartentor, trat ein, stand im Hof und sagte:
„Ich habe gehört, du verlierst nichts."
Hans hob langsam den Kopf.
„Stimmt das?" fragte der Mann.
Hans sagte nichts.
„Ich verliere alles", fuhr der Wanderer fort. „Meine Melodien. Meine Schuhe. Meine Träume, manchmal."
Hans blickte ihn an. Dann sagte er, sehr leise:
„Bleibst du trotzdem da?"
Der Mann nickte.
„Ja. Sonst gäb's ja nichts zu suchen."

Am Abend spielte der Mann ein Lied. Die Geige klang wie Licht durch Blätter – hell, zart, lebendig. Hans lauschte. Und zum ersten Mal seit vielen

Wochen bewegte er sich. Er hob die Hand, nur ein wenig. Und dann sagte er:
„Das bleibt auch."
„Nein", sagte der Geiger. „Das fliegt."
„Aber ich hab es."
„Dann gib's weiter."
Hans verstand nicht sofort. Aber er dachte lange darüber nach. Er lag nachts wach und lauschte der Stille, als wäre sie ein Lied, das sich nicht mehr an den Anfang erinnerte. Und er fühlte: Etwas stimmte. Der Ton blieb in ihm – aber nicht wie eine Last. Eher wie eine kleine Flamme, unter all dem, was ihn bedeckte.

Im achten Jahr verließ Hans das Haus kaum noch. Die Mutter stellte ihm einen Sessel vors Fenster, mit weichem Kissen und einem Buch auf dem Schoß, das er nicht mehr aufschlug. Die Seiten waren alle bekannt. Er kannte jede Wendung, jeden Satz, jedes Ende. Und das genügte.
Sein Körper war nicht krank, nicht tot – aber still. Die Hände lagen wie Schalen, die nichts mehr nehmen wollten. Die Füße ruhten auf einem dicken Teppich aus Gras, das ins Zimmer wuchs, weil das Fenster stets offen stand. Die Tiere kamen weiterhin. Vögel, Frösche, ein Iltis sogar. Manchmal lag eine Maus in seiner Armbeuge, und wenn er atmete, hob sie sich mit.
Die Mutter sprach wenig. Sie sang manchmal, alte Lieder, leise, kaum hörbar. Hans summte nicht mit – aber wenn sie innehielt, sagte er ab und zu:
„Noch mal den Teil mit dem Fluss."

Eines Morgens weinte ein Kind vor dem Haus. Es war ein fremdes Kind, mit runden Augen und einem gerissenen Mantel. Die Mutter fragte es, was geschehen sei.
„Meine Großmutter", sagte das Kind. „Sie ist fort."
„Fort?"
„Tot", flüsterte es. „Sie hat gesagt, sie kommt zurück. Aber sie kommt nicht."
Da trat Hans auf die Türschwelle. Es dauerte lange, bis er dort stand. Seine Bewegung war langsam, aber sicher. Der Panzer knackte leise bei jedem Schritt. Und das Kind sah ihn an, voller Staunen, voller Angst.
Hans beugte sich ein wenig hinunter – so tief, wie sein Körper es erlaubte – und legte seine schwere Hand auf den Kopf des Kindes.
„Vielleicht", sagte er, „muss man manchmal auch etwas verlieren."
Das Kind nickte. Vielleicht verstand es nicht alles. Aber es fühlte etwas. Es blieb eine Weile dort stehen. Dann ging es.

In dieser Nacht träumte Hans. Er träumte von Wasser, das nicht floss. Von Blättern, die nie fielen. Von Vögeln ohne Flug. Und er wachte auf mit einem leisen Seufzen, das aus seinem ganzen Körper zu kommen schien.
Die Mutter fragte ihn am Morgen:
„Was war das?"
Hans blickte aus dem Fenster.
„Ich glaube", sagte er, „ich werde zu viel."
Und da wusste sie: Der Moment würde kommen.

Kapitel 4 – Abschied von der Welt

Der Sommer kam, als wollte er niemandem zur Last fallen. Kein lautes Erwachen, kein prahlerisches Aufblühen – nur ein weiches Strecken der Wiesen, ein helles Flüstern im Laub, ein Licht, das am Morgen über die Mauern kroch wie eine vorsichtige Katze. In dieser Stille lag Hans, fast regungslos, auf seiner Bank unter dem alten Apfelbaum, der Jahr um Jahr weniger trug und doch noch immer den Himmel spiegelte in seinem grünen Kleid.
Hans hatte sich zurückgezogen – nicht in ein Zimmer, nicht in Gedanken, sondern in sich selbst. Sein Körper war groß geworden, schwer, fest. Die Mutter sprach nicht mehr vom „Panzer", nicht einmal mehr im Stillen. Sie sprach kaum noch von ihm. Sie sprach mit ihm, aber ihre Worte hatten gelernt, keine Antwort zu erwarten. Manchmal hörte sie, wie ihre Stimme sich selbst streichelte in der Stille, wie eine Hand über trockenes Gras.
Er war nicht krank. Kein Fieber, kein Zittern, kein Röcheln. Nur ein langsames Verstummen. Der Arzt, der einmal im Monat kam, sagte:
„Er lebt. Nur anders."
Und die Mutter nickte. Sie fragte nicht mehr nach einem Danach.

Der Körper ihres Sohnes hatte sich verändert. Nicht plötzlich, sondern wie ein Stein, der Tag für Tag von Moos überzogen wird. Seine Haut war stellenweise durchsichtig geworden, schimmernd wie Bernstein. Dort, wo man früher Puls oder Wärme gespürt hätte, lag nun eine träge Glut –

nicht heiß, nicht kalt, sondern so, wie ein stiller Abend in sich ruht.
Die Hände waren wie geschlossene Blüten, schwer von dem, was sie nie losließen. Die Finger lagen ineinander, ohne Spannung, aber auch ohne Möglichkeit, sich voneinander zu lösen. An den Ellenbogen wuchsen feine Rillen, als hätten sich die Jahre selbst dort abgelegt. Der Rücken wölbte sich sanft, als trüge er ein Geheimnis.
Und der Blick? Er war nicht leer. Er war voll – voll von etwas, das zu groß war, um mit Worten zu sagen. Wenn Hans aus dem Fenster sah oder in den Himmel oder auf einen Marienkäfer, der sich auf seiner Hand niederließ, dann war es, als würde er dem ganzen Leben zuhören.

Eines Tages, als die Mutter das Fenster öffnete, flog ein kleiner Spatz hinein. Er flatterte nicht wild, wie Vögel es tun, wenn sie sich verirren. Nein – er setzte sich sacht auf die Schulter von Hans, als hätte er lange auf diesen Ort gewartet. Und Hans, der nicht sprach, neigte den Kopf ein wenig zur Seite. Es war keine Begrüßung, keine Überraschung – eher ein Erkennen.
Der Vogel blieb. Er schlief auf Hans' Schulter, wärmte sich an seiner Haut, trug einen Halm in seinem Schnabel und verlor ihn dort. Am nächsten Tag kam ein zweiter. Und am dritten ein dritter. Die Mutter begann, Körner auf der Fensterbank zu streuen.
Sie dachte an den alten Spruch: *Wo Vögel nisten, da schlägt noch ein Herz*. Und sie wollte daran glauben.

Die Menschen im Ort sahen Hans manchmal, wenn sie am Garten vorbeigingen. Sie sahen nicht mehr einen Jungen. Sie sahen eine Gestalt, die an etwas erinnerte – an einen Stamm, an einen stillen Felsen, an eine Skulptur aus einer Zeit, die sich keiner erinnerte. Die Kinder wagten sich nicht mehr nah heran. Sie warfen auch keine Steine mehr. Sie flüsterten nur.
„Er wird zum Haus."
„Oder zu einem Hügel."
„Oder zu etwas, das wir noch nicht kennen."
Und eines der Kinder, ein Mädchen mit roten Zöpfen, sagte einmal:
„Vielleicht wird er ein Tier."
Die Erwachsenen lachten leise, aber niemand widersprach.

Der Abend, an dem sich etwas änderte, war ein stiller. Die Mutter hatte Suppe gekocht, obwohl sie wusste, dass Hans nichts mehr aß. Sie stellte die Schüssel dennoch auf den Tisch, wie jeden Abend, und stellte sich ans Fenster. Sie beobachtete, wie Hans im Garten saß, das Gesicht dem letzten Licht zugewandt, unbewegt. Und da sah sie: Er hatte die Augen geschlossen. Das war nichts Neues. Doch diesmal schien es, als wären sie nicht aus Müdigkeit geschlossen – sondern aus Absicht. Als hätte er sie zugezogen wie einen Vorhang. Als hätte er entschieden, nicht mehr zu sehen, was draußen war.
Sie trat hinaus, langsam, die alte Schale in der Hand, mit dem Löffel darin. Ihre Schritte waren weich, fast scheu. Sie setzte sich neben ihn auf die Bank.

„Willst du mir etwas sagen?" flüsterte sie.
Hans öffnete die Augen nicht. Aber seine Brust hob sich einmal, ganz ruhig. Und dann sagte er – sehr, sehr leise:
„Ich glaube... ich werde bald... nichts mehr halten können."
Die Mutter verstand. Nicht mit dem Verstand. Aber mit allem anderen.
Sie legte die Schale ab, nahm seine schwere Hand in ihre, soweit es ging, und küsste sie.
Dann ging sie zurück ins Haus. Sie wusste: Es war nicht mehr ihre Zeit, ihn zu tragen.

In der Nacht kam der Regen. Ein weicher, warmer Sommerregen, der leise auf das Dach schlug wie eine alte Erinnerung. Die Mutter lag wach. Sie hörte das Wasser tropfen, hörte das Knacken des Holzes, das Atmen der Wände. Und sie wusste, dass auch draußen etwas atmete.
Am Morgen war Hans nicht mehr auf der Bank.
Sie erschrak nicht. Sie wusste, wo er war. Sie trat hinaus, barfuß, durch das nasse Gras, an dem noch Tautropfen hingen wie kleine Spiegel. Unter dem Apfelbaum, wo Hans immer gesessen hatte, lag nun etwas anderes.
Etwas Rundes. Etwas Glattes.
Ein Panzer.
Nicht schwer. Nicht hart wie Eisen. Sondern wie gewachsen. Wie eine Schale, die nicht geformt wurde, sondern sich selbst geformt hatte – aus dem, was nie verloren ging.
Sie trat näher. Legte die Hand darauf. Es war warm. Noch.

Und in dem Moment wusste sie: Er war nicht fort. Er war nur nicht mehr da, wo Worte ihn erreichten.

Die Dorfbewohner kamen in den folgenden Tagen. Einer nach dem anderen. Manche brachten Brot. Manche Blumen. Manche nur den Blick. Keiner sprach laut.
Ein alter Mann kniete nieder, berührte den Panzer und sagte:
„Er hat alles behalten. Jetzt behält er sich selbst."
Ein Kind fragte, ob es ihn anmalen dürfe. Die Mutter erlaubte es. Und so entstanden Muster, Spiralen, kleine Vögel, Sonnen, ein Mond. Alles, was das Leben ausmacht, fand Platz auf der Schale, die einst Hans gewesen war.

Dann kam der Tag, an dem der Panzer verschwunden war.
Nicht weggeholt. Nicht zerbrochen.
Einfach nicht mehr da.
Die Mutter fand keine Spuren. Nur ein kleines, rundes Loch im Gras. Als hätte sich dort etwas eingegraben. Oder hinausgeschlüpft.
Sie lächelte. Und diesmal weinte sie auch. Nicht laut. Nur ein wenig. Zwei Tränen. Eine fiel in die Erde. Die andere blieb auf ihrer Wange.

Kapitel 5 – Die Wahrheit

Der Herbst kam, und mit ihm kehrte das Dorf zurück in die Stille. Die Blätter färbten sich, wie jedes Jahr, und fielen, wie jedes Jahr – doch man konnte nicht anders, als sich zu fragen: *Fielen sie nun leichter, weil einer von ihnen nie gefallen war?*

Die Kinder spielten auf den Wegen, die alten Frauen saßen auf ihren Bänken, und in der Mitte des Gartens, dort, wo einst der Apfelbaum stand, lag nun nur noch Gras. Kein Stein, kein Hügel, kein Abdruck. Nur ein Ort, der schweigend etwas erzählte.

Die Mutter war alt geworden. Sie hatte sich daran gewöhnt, in der Küche für zwei zu decken, obwohl nur sie aß. Sie sprach oft in Gedanken, manchmal auch laut. An manchen Tagen sagte sie:

„Hans, weißt du noch…“

und stellte fest, dass sie den Satz nicht beenden musste.

Eines Morgens, als der Nebel noch zwischen den Häusern hing wie ein vergessenes Tuch, kam ein Junge zum Garten. Ein schmaler, stiller Junge, mit Sommersprossen und einer zerknitterten Jacke. Er hatte einen Ranzen auf dem Rücken und einen Stein in der Tasche – so machen es Kinder manchmal, wenn sie glauben, dass sie etwas beschweren müssen, das zu leicht geworden ist. Er trat durch das Tor, blieb stehen, blickte lange auf den leeren Platz unter dem Baum, und ging dann in die Knie. Dort, wo das Gras besonders

weich wuchs, legte er seinen Ranzen ab und begann zu graben. Nicht hektisch. Vorsichtig. Mit den Fingern. Wie jemand, der etwas Lebendiges sucht, aber weiß, dass er es nicht verletzen darf. Nach einer Weile stieß er auf etwas Hartes. Kein Knochen. Keine Kiste. Nur eine Form. Rund. Glatt. Warm.
Er zog es hervor: eine kleine Schale. Hellbraun, mit dunklen Linien, leicht gewölbt. Er wusste sofort: Das war keine Muschel. Und auch kein Spielzeug. Es war echt. Und es war alt. Aber es roch nicht nach Erde. Es roch nach Zeit.
Der Junge setzte sich hin und hielt das Ding lange in den Händen. Dann sagte er – nicht an jemanden gerichtet, eher wie ein Gedanke, der zum ersten Mal Stimme fand:
„Ich glaub, das war er."

Von diesem Tag an erzählte man sich neue Geschichten im Dorf. Dass Hans nicht verschwunden war, sondern geschlüpft. Dass er zurückkam in anderer Gestalt. Dass man ihn sehen konnte – in Seenähe, am Waldrand, auf Steinen in der Morgensonne.
Manche behaupteten, sie hätten ihn wirklich gesehen. Eine Schildkröte. Groß, ruhig, mit Augen, die zu alt wirkten für ein Tier, das angeblich so klein geboren wird. Sie bewegte sich langsam, aber zielstrebig. Und wenn man ganz still war, konnte man hören, wie sie atmete – nicht durch die Nase, sondern durch etwas Tieferes, vielleicht durch Erinnerung selbst.
Die Kinder gaben ihr einen Namen: **Stückling.**
Und wenn sie sie sahen, riefen sie nicht. Sie

setzten sich einfach dazu. Legten ihre kleinen Hände auf den Panzer. Und hörten.

Es war in einem dieser Nachsommerabende, in dem die Geschichte geschrieben wurde – die du jetzt liest. Vielleicht hast du sie allein gelesen. Vielleicht hat dir jemand vorgelesen, jemand mit einer warmen Stimme und Geduld in den Fingern. Vielleicht hast du gelacht. Vielleicht warst du ein wenig traurig.
Aber jetzt, wo du am Ende angekommen bist, sollst du noch etwas erfahren.
Etwas, das nur den Letzten erzählt wird. Denen, die bleiben. Denen, die zuhören, auch wenn keiner mehr spricht.

Es war einmal ein Wesen, das alles festhielt.
Es ließ keine Haare, keine Zellen, keine Tränen zurück.
Es hielt fest, was andere losließen.
Es wurde schwer. Und ruhig. Und voller.
Und eines Tages konnte es sich nicht mehr bewegen.
Da dachte es: *Ich bin fertig.*
Doch es irrte sich.
Denn da, in diesem Moment, öffnete sich etwas.
Nicht außen. Innen.
Und daraus kam etwas Neues:
Ein Tier.
Langsam.
Zäh.
Still.
Mit einem Rücken, der aus allem bestand, was nie verloren ging.

Und weil dieses Tier nun tragen konnte, was zu viel war für einen Menschen, nannte man es **Schildkröte**.

Ja, mein Kind: So entstanden die Schildkröten.
Nicht aus dem Wasser. Nicht aus dem Sand.
Nicht aus Eiern allein.
Sondern aus einem Menschen, der nicht loslassen konnte –
und es am Ende doch tat.
Und jetzt? Jetzt tragen sie die Welt.
Langsam, ja.
Aber sicher.
Und sie wissen etwas, das viele vergessen:
Wer immer nur alles festhält, wird irgendwann nicht mehr atmen können.
Und wer loslässt, wird leicht.
So leicht, dass ihn selbst der Schmerz nicht mehr hält.

Darum: Wenn du etwas verlierst – sei es ein Spielzeug, ein Freund, einen Tag, eine Hand, ein Herz –
denk daran:
Es ist nicht fort.
Es ist vielleicht nur woanders.
Oder es wächst in dir weiter.
Ganz leise.
Ganz weich.
Wie ein Panzer.
Oder ein Lied.
Oder eine Geschichte.
Und vielleicht – vielleicht – wirst du eines Tages jemandem begegnen,

der dein altes Lächeln trägt.
Oder deinen Wunsch.
Oder deine Träne.
Dann wirst du wissen:
Ich habe losgelassen.
Und das ist gut so.

Ende